SV

Die Arbeit der Autorin am vorliegenden Text wurde durch den Deutschen Literaturfonds e.V. gefördert.

Erste Auflage 1984

Druck: Wagner GmbH, Nördlingen
Printed in Germany

Ulla Berkéwicz

Michel, sag ich

Für

J. Schäfer

am 17. März 1991

Ulla Berkéwicz

Suhrkamp

Michel, sag ich

Ich war sehr klein und weiß nicht, wie die Zeit verging, bis ich ihn sah.
Als ich ihn sah, lief er mitten durch mein Bild. Dann stand er vor mir und nahm die ganze Fläche ein und nahm mich an die Hand und führte mich in den Wald und weiter und weiter bis in die Pilze. Und es raschelte und raunte und unsere Geschichte fing an zu laufen.
Als die Pilzzeit vorüber war, waren wir groß geworden und gewachsen.
Vor uns, überm Fluß, stand die Stadt. Am Tag konnten wir die Häuser sehn. Nachts gingen Lichter an und ich sah hin und wollte sie zählen.
Sieh nicht hin, sagte Michel, wer hinsieht, geht und kommt nicht wieder.
Die Häuser wuchsen immer höher aus der Stadt, immer mehr Lichter gingen an, Rauch kam von dort, und wenn der Wind schlecht stand, hing er bei uns fest. Dann wurde das Gras welk und das Korn fiel um und einmal fiel ein Vogel, die Augen trocken und der Schnabel weiß. Die Häuser wuchsen immer höher hoch,

bis sie so hoch warn, daß sie vor der Sonne standen. Es wurde trüb.
Dann dunkel. Seuchen schwammen von der Stadt über den Fluß. Das Vieh verlor sein Fell, das Moor wuchs um das Dorf, das Wild verdarb im Wald, der Wald brach um.
Der Winter kam. Alles war still und Eis, und auch der Wind war tot. Wir saßen im Haus und schlissen Federn. Michel saß neben mir und meine Seite war heiß.
Und als im Sommer immer noch der Winter war, gingen die Männer fort, sagten, sie gingen in die Stadt, würden dort Arbeit suchen, wiederkommen. Dann ging der Pfarrer, dann ging Michel fort.
In der Nacht, bevor er fortging, lagen wir beieinander wach und froren. Nach der Nacht kam der Morgen. Wir standen auf und standen voreinander, die Hände waren steif, ich hab kein Licht gemacht. Dann ist er fortgegangen. Und ich wartete und er kam nicht wieder.
Es waren nur noch Frauen im Dorf und die alten Männer ohne Zähne. Es war nur noch Winter. Wir rückten zusammen und saßen in einem Haus. Die Jungen wurden älter, die Alten starben, niemand wurde geboren.

Nachts drückte ich mein Ohr ans Bett und hörte ihn kommen und sagen und hörte mich hingehn und antworten und dann war er doch nicht gekommen.
Aber im Schlaf, aber im Schlaf ist er gekommen. Er kam mir aus der Nacht heraus und aus dem Morgen entgegen und sein Schatten stand um die Hausecke und ich schrie vor Freude: Da ist er, er ist wiedergekommen, er ist wieder da. Erst habe ich geschrien und dann geweint und dann habe ich nicht mehr hingesehn.
Aber einmal, in der Nacht einmal kam ein Ruf bei mir an. Und ich sah Wagen, sah Lichter drehn und schlagen, sah Leute in den Lichtern stehn, sah Feuer, sah die Leute brennen, fallen.
Dann saß ich aufrecht und meine Augen standen offen. Rief da wer? Starb da wer? Michel?
Im Stall schnaubte und stampfte das Vieh. Im Haus war keiner wach, keiner horchte, alle schliefen.
Da stand ich auf und zog mich an, nahm mir ein Brot, mein Tuch, ging aus dem Haus, zur Stadt, den Michel suchen.
Als ich zum Fluß kam, kam der Morgen.
Ich ging über die Brücke in die Stadt.

1

Frankfurt. Ich geh den Schildern nach, auf denen Frankfurt-Mitte steht. Ich geh und geh, kein Mensch geht da. Geh hier lang, da lang, geh den Schildern nach. Die Läden von den Häusern sind verschlossen, die Türen auch, die von der Stadt, die schlafen noch, dabei ist heller Morgen. Mit jedem Schritt, den ich da geh, wirds heller, werden die Häuser höher und die Straßen breiter. Ich gehe bis zu einem Platz. Ein Schild steht da: Roßmarkt.

Ich flimmre in der Sonne. Ist das die Sonne? Es rauscht und schwillt. Ist das der Lärm vom Licht? Seh um mich, seh mich, seh wie ich mich umseh, seh mich ringsum, zehn, zwanzigmal.

Da bin ich in der Mitte oder wo. Da hängen Spiegel, da ist ein Platz mit hohen Häusern, die Häuser sind bis oben hin mit Spiegeln vollgehängt. Das sind die hohen Häuser von der Stadt, die wir vom Dorf aus sehen, die vor der Sonne stehn, daß Winter ist, daß Eis bis zu den Fenstern wächst.

Da kommt wer und ich laufe ihm entgegen. Ich rufe: Hallo, ich bin fremd und kenn mich hier nicht aus.

Die Frau läuft auf mich zu.
Ich bin vom Land, ruf ich, und eben übern Main gekommen. Ich suche einen Mann, der Michel heißt.
Sie stößt mich an und rennt mich um.
Was machst du denn, sag ich und stehe auf. Ich kenn sie, seh sie an und kenn sie doch. – Das bin ja ich, sag ich und streck die Hände nach mir aus und seh vier Hände.
Seh runter, da ist bloß der Boden, seh rauf, da geht die Sonne auf, zehn Sonnen, zwanzig, hundertmal die Sonne in den Spiegeln. Von hier bis da ist alles hell und blendet. Die Spiegel schlagen Licht in jeden Schatten rein.
Ich mach die Augen zu. Der Boden schwankt, als hätt ich mich gedreht. Ich hab die dicken Wintersachen an und es ist heiß hier von den vielen Sonnen wie Sommer oder noch viel mehr und das ist erst der Morgen.
Bei uns ist auch der Morgen. Die Öfen sind lang aus, die Asche ist gekehrt. Sie suchen mich. Sie haben Hunde ausgeschickt, das Heu gewendet, ins Moor gestochen mit den langen Stangen, das Ohr ans Eis gehalten, in den Wald gerufen, daß es hallt.
Ich mach die Augen auf, Staub treibt, verstreut

scheint alles und ist nicht wirklich, denke ich und hab mich nicht.
Dann seh ich wieder jemand laufen. Der kann nicht ich sein, denn ich steh ja hier. Dann kommen viele, laufen übern Platz und biegen ab in eine Straße.
Ich geh den Leuten nach, will sie nach Michel fragen, geh schnell und hol sie ein, und wie ich guten Morgen sage, tun sie, als ob sie mich nicht hörn und sehn, gehn gradeaus an mir vorbei.
Gehn in ein Haus. Das Haus sieht anders als die andern Häuser aus. Es sieht wie eine Kirche aus, wie viele Kirchen. Das wird die Kirche sein, da wird es kühl und dunkel sein, da wird ein Pfarrer sein, der Pfarrer wird den Michel kennen.

Im Haus fährt eine Treppe in die Erde. Da gehn sie hin, gehn auf die Treppe, stellen sich auf die Stufen, halten sich am Geländer, bleiben stehn. Die Stufen fahrn und das Geländer fährt, die Treppe fährt mit ihnen in die Erde.
Ich seh mich um. Am Boden liegt Papier und Dreck und einer steht da, fegt den Dreck zusam-

men. Hört mit dem Fegen auf, wie er mich sieht, und sieht mich an.
Ist das die Kirche, frag ich ihn.
Das ist die Bahnhofshalle, schreit er.
Es hallt, sagt halle, halle.
Ich seh ihn an, seh, wie er mich ansieht, will laufen.
Wer bist du und was willst du, fragt er.
Ich bin ja ich, sag ich. Ich bin vom Land, bin übern Main gekommen – und meine Arme machen Zeichen wie ganz weit weg und ganz lang her. – Ich suche einen Mann, der Michel heißt. Er kam vom Land und übern Main wie ich. Und vor ihm ist der Pfarrer fortgegangen. Und vor dem Pfarrer gingen alle Männer fort. Mann, sage ich, du mußt den Michel kennen. Er ist schon lange hier, denn er ist lange fort. Ich kann die Zeit nicht zählen, weil die Kirchuhr steht. Der Hahn ist tot, der Tag ist dunkel und in der Nacht gibts keinen Stern.
Ich dachte, du gehörst zu den Kanaken, sagt der Mann und kuckt auf meine Röcke.
Und Michel, frag ich.
Der Mann zeigt in die dunklen Ecken. – Die hier sind, sagt er, sind auch nicht von hier, vielleicht ist der, den du hier suchst, dabei.

Da sitzen welche, und wie ich näher hingeh, seh ich welche liegen. Da liegen viele, sehen anders aus, sehn fremd und dunkel aus, aber der Michel ist nicht dabei.
Die Frauen tragen Tücher um den Kopf, die Männer haben Bärte. Sie drehn sich weg, wie sie mich sehn. Sind das Zigeuner?
Die Alten sagen, Zigeuner können nicht in blaue Augen sehn, weil ihre Augen schwarz sind. Die Augen, die sind schwarz von ihrer schwarzen Seele, sagen sie, und auch die Haut und auch das lange Haar. Sie stehlen wie die Elstern und die Raben, sie fressen kleine Kinder, stechen Schweine, Veitstänzer sind sie, tuens mit dem Teufel.
Einmal, da kamen die Zigeuner. Die Frauen schlossen Türn und Fenster zu. Die Männer nahmen spitze Hacken, gingen vors Dorf, und als sie wiederkamen sagten sie, sie hätten sie gestochen und gehackt, die Hunde aufgespießt, den Frauen die Kleider abgerissen, die wärn gelaufen wie die Hasen, haben sie gesagt.
Sind das Zigeuner, frage ich den Mann.
Das sind Kanaken, sagt er. Die sind vom Arsch der Welt mit Zügen hergekommen. Haben Häuser hochgezogen, Spiegel drangeklebt, Geld da-

für gekriegt und jetzt ist aus. Aus, aus, schreit er, die Türme stehn, die Spiegel blenden, die Stadt ist heiß und es ist aus.

Kennt ihr den Michel, frage ich die fremden Leute.

Die sprechen anders, sagt der Mann, verstehn nichts, wissen nichts und können dir von nichts was sagen.

Die, die da sitzen, ducken sich. Die Frauen ziehn die Tücher vors Gesicht. Sie wiegen sich. Die Körper gehen hin und her in einem Takt zusammen.

Die wiegen sich in falschen Träumen, sagt der Mann, die warten, daß die Züge wieder fahren. Die können lange warten, schreit er.

Vor mir sitzt eine Frau mit Kindern. Eins steckt ihr an der Brust, klein wie ein Finger. Die andern liegen in Papier gewickelt.

Sind die tot?

Was weiß denn ich. Der Mann kuckt weg. – Das Kleinste, sagt er, war doch sowieso nichts.

Es rauscht, ich hör, es rauscht. – Sind das die Züge, auf die die fremden Leute warten?

Das sind die falschen Träume, sagt der Mann. Frankfurt ist Sackbahnhof, die Züge enden hier.

Und fragt: Was hast du und was gibst du, wenn ich dich zu den Männern bringe, die übern Main gekommen sind?
Was hab ich denn, was kann ich dir denn geben?
Den Ring, sagt er und zieht ihn mir vom Finger.
Das ist mein Ring, sag ich, er ist von Michel.
Ring, sagt der Mann und stößt mich, wie ich danach greife, – oder du kannst sehen, wie du weiterkommst.
Er steckt den Ring in seine Hosentasche und zieht mich auf die Treppe, die nach unten fährt.
Ich will nicht in die Erde, wer in die Erde kommt, ist tot. Ich will zurück, will oben bleiben. Ich renn die Stufen hoch, der Mann fährt runter. Ich renn und renn und steh, obwohl ich renne. Die Treppe fährt und fährt und wie ich nicht mehr rennen kann, fährt sie mich runter.

Da ist ein Schacht. Der Schacht ist hoch und rund und gelb gekachelt. Die Kacheln schwitzen

und es tropft. Die Luft ist dick, bleibt in der Lunge stecken. Da wird es eng und schnürt und drückt.
Durch die Erde fahren Züge. Sie fahren rechts und links in Löcher rein.
Der Mann geht dorthin, wo die Züge fahren und stellt sich an den Rand. Ich geh ihm nach.
Lichter fahrn mir in die Augen. Ein Sog zieht und mein Tuch wird weggerissen. Ein Zug hält und die Türen fahren auf.
Wir steigen ein. Die Türen fahren zu. Wir sind allein im Zug. Der Zug fährt ab.
Ich seh zum Fenster raus. Im Dunkel fährt eine lange Wand. Es rauscht. Ich denke an den Wald. Lange gehn. Den Mond im Nacken. Die Schatten und die Echos von den Schatten. Die Wipfel rauschen, grüne Blätter atmen ein und aus. Ich kann die hohen Stämme streichen, sie sind ganz glatt. Ich fahr sie auf und ab und rauf und runter. Michel ist da. Sein Blut pulst durch den Stamm. Die Wipfel drehn, der Boden wellt sich, die Tannen knarrn und Nadeln stechen tief. Die Wand bricht ab.
Ich hab heut nacht geträumt und einen Schrei gehört. Im Schlaf kann einer hören, was sonst

keiner hört. Ob das der Schrei von Michel war? Ob das der Michel war?

Zuhause fragen sie bei den Toten nach, wenn sie was hören, wenn einer weg ist, wenn sie warten, wenn sie nichts wissen, aber träumen, hören.

Dann nehmen sie drei Rollen Garn, wickeln das Garn ab bis die Rollen leer sind, schneiden aus Pappe einen Kreis, stechen neun Löcher rein, ziehen das Garn durch, binden die Rollen drunter, stellen das Ding auf einen glatten Tisch, die Rollen unten, daß sie rollen können, setzen sich um den Tisch herum, legen die Finger auf das Ding, die Daumen aneinander, die kleinen Finger an die vom Nebenmann, machen Kerzenlicht, Augen zu, atmen schnell, lassen die Herzen schlagen, heben die Ellenbogen ab vom Tisch, lassen sie oben, auch wenn es lange geht und bis sie zittern – sie sagen, die Toten können keine Antwort geben, wenn Ellenbogen auf dem Tische sind – machen die Finger leicht und fragen, lebt er oder ist er tot. Und wenn das Ding sich auf den Rollen dreht, dann heißt das: lebt. Und steht es still, dann heißt das: tot, gestorben. Und hat es tot gesagt, sagen die Spieler nach dem ersten Schreck: Ellenbogen sind auf dem

Tisch gewesen – und fragen weiter, fragen wieder nach, bis sie die lahmen Ellenbogen nicht mehr halten können und nicht mehr weiter fragen, bis zum nächsten Mal.

Der Zug hält und die Türen fahren auf. Einer steigt ein, tastet wie blind und setzt sich uns gegenüber auf die Bank.
Der Mann vom Bahnhof schläft. Sein Kopf hängt, schlingert mit dem Zug, der wieder fährt.
Der, der mir gegenüber sitzt, der sieht mich an. Er beugt sich vor, um mich zu sehn. Er sieht schlecht, Augen sehen klein aus hinter großen Gläsern. Der Mann ist alt, sein Kopf ist weiß, ich grüße ihn.
Wo kommst du her, fragt er, bist du vom Land, was tust du in der Stadt?
Ich suche einen Mann, der Michel heißt. Er kam vom Land und übern Main, wie ich. Vor ihm sind alle Männer in die Stadt gegangen, denn bei uns wird und wächst nichts, denn bei uns ist Winter.
Winter, sagt der Mann, Sommer und Winter. Den Winter, sagt er, hat man in der Stadt vergessen.

Und Michel, frag ich.
Michel heißen viele, sagt der Mann.
Bei uns gabs nur den einen, sag ich, Michel!
Ich bin ein Lehrer, sagt der Mann, und hatte Schüler. Michel heißen viele, sagt er wieder, und einer, sagt er, der hieß Rudi. Die Schüler lasen, was ich aufgeschrieben habe. Denn was dort oben ist, sagt er, wird schwinden und vergehn und immer wieder neue werden aus dem Staub, den sie da immer wieder machen, wachsen. Die müssen immer wieder wissen, was hier war, für die muß aufgeschrieben werden. Denn nur, was aufgeschrieben wird, wird nicht vergessen, und nur, was nicht vergessen wird, wird gut.
Die Schüler, sagt er, haben das, was sie gelesen haben, oben auf dem Roßmarkt laut gesagt und Rudi wurde dabei umgebracht. Und jetzt, sagt er, lesens die Kinder von denen, die damals meine Schüler waren, schreibens auf ihre Fahnen, gehn zum Roßmarkt, werden dort erschossen.
Und warum gehn sie hin, wenn sie erschossen werden?
Hoffnung in der Angst, Angst in der Hoffnung, Hoffnung, sagt er, frei von der Angst zu sein, das reißt sie hin.

Der Zug hält und der Mann vom Bahnhof ist erwacht.
Der Mann mir gegenüber dreht sich weg zum Fenster, sieht raus, als hätten wir nicht eben noch gesprochen. Die Türen fahren auf. Der Mann vom Bahnhof sagt: Wir steigen aus.
Er geht, ich will ihm nach, der Mann mir gegenüber hält mich fest.
Die wirkliche Schöpfung, sagt er, fängt nicht am Anfang, sondern jetzt, am Ende an, beginnt erst anzufangen. Jetzt beginnt sie. Jetzt, sagt er, jetzt, jetzt fängt sie an. – Und winkt mir, wie ich gehe.

Ich steige aus, die Türen fahren zu, der Zug fährt ab.
Der Mann vom Bahnhof läuft zu einer Treppe. Die Treppe fährt nach oben, genauso wie die andere nach unten fuhr.
Oben ist Mittagslicht, das tut den Augen weh. Der Mann setzt eine dunkle Brille auf.
Wo sind wir?
Nordend, sagt der Mann.
Sind wir weit weg vom Roßmarkt und den Spiegelhäusern?

Den Roßmarkt siehst du hier von überall, er ist der höchste Punkt, sagt er, dreh dich doch um.
Wir gehn und gehn, kein Mensch geht da. Die Hitze sticht, die Farben sind verschossen, der heiße Wind treibt Altpapier.
Da gabs zuhause einen Mann, der sprach nicht, hörte nicht und niemand kannte seinen Namen. Die Alten wußten, daß er oft gekommen war, im Sommer, immer wenn der Regen fehlte, und wußten, daß er immer wieder ging und wiederkam. Er schlief beim Vieh, im Stall, im Stroh, besprang die Stuten, wenn der Mond voll war und starb hernach an Schweinepest, die mit den andern Seuchen übern Fluß gekommen war.
Ein Sommer, es ist lange her und ich war klein und konnte noch nicht sprechen, kam er und es war heiß. Die Ernte war verbrannt, überall tanzte das Feuer durch die Wälder, Flammen sah ich über den Weiden und den Äckern stehn, die zuckten. Dem Vieh, dem fiel die Zunge aus dem Maul, lag lang am Boden, Fliegen saßen drauf.
Da kam der Mensch in unser Dorf, stach mit dem Finger durch das Flimmern in der Luft, zeigte hinaus auf die verbrannten Wälder und

auf die toten Blumen in den Gärten und schrie und heulte, daß die Bauern von den Feldern kamen. Er hielt die Hand auf und die Alten gaben was.
Da ging der Mensch raus auf die Felder. Die Alten sagten, er hat einen Spiegel und fängt damit die Sonne ein, schickt sie zurück, und dann bleibt sie bei sich dort oben, dann ziehen Wolken auf, und dann kommt Regen.

Der Mann vom Bahnhof spricht nicht, läuft vor mir her und hat die dunkle Brille auf. Der Mann ist nicht gesund, sein Schatten ist zu kurz, die Hitze macht ihn dick, er ringt nach Luft.
Der Boden schwankt. Wir bleiben stehn. Vor uns, quer durch die Straße, reißt ein Riß, langsam und grade. Es ratscht und dann ist wieder still und wie vorher. Der Riß ist da, wir müssen drüber steigen.
Was war das, frage ich.
Der Mann sagt nichts und geht mit großen Schritten weiter. Wir gehn an einer hohen Mauer lang.
Dahinter stecken die Soldaten, sagt der Mann. Wenns auf dem Roßmarkt losgeht, springen die auf ihre Wagen, fahrn hin und räumen auf.

Dann fliegen Fetzen. Dann sieht es auf dem Roßmarkt wie auf dem Schlachthof aus.
Dort, wo die Mauer abbricht, steht ein Haus. Die Tür steht offen und der Mann geht rein. Ich geh ihm nach.

Der Flur ist dunkel. Eine Frau sitzt da. Sie sitzt vor einem Kasten. Tasten und Knöpfe sind auf dem Kasten. Die Knöpfe leuchten rot.
Der Mann vom Bahnhof kennt die Frau, spricht sie mit Namen an. Sie sagt nichts und er sagt, sie spielt ein Spiel und will erst fertig spielen.
Die Frau ist alt und ihre Haare hängen. Die Hände liegen auf dem Kasten fest. Ein Ring steckt ihr am Finger, ein Kinderzahn in Gold gefaßt.
Sie drückt auf einen Knopf. Ein Viereck leuchtet auf. Punkte prickeln, ordnen sich zu Formen, Farbe spritzt, ein Bild setzt sich zusammen, ein Platz mit Häusern, weißen Männchen und um die Männchen rum ein Kreis von schwarzen Wagen. Die Männchen halten Fahnen in der Hand und aus den Wagen stechen lange Rohre.
Die Frau drückt auf den Knopf. Das Bild

bewegt sich, die Fahnen wehn, die Rohre drehn sich, die Häuser flackern, die Rohre zielen auf die Männchen, die Männchen stehen still.

Die Frau drückt auf den Knopf. Der Bildrand zackt, die Rohre schießen und die Fahnen kriegen Löcher, die Männchen werden schwarz und fallen um. Ein paar stehn wieder auf und rennen. Die Frau drückt auf den Knopf, die Rohre schießen, die Männchen fallen um. Das Bild geht weg, drei schrille Töne, noch drei, dann fallen Münzen aus dem Kasten. Die Frau steckt sie durch einen Schlitz zurück, drückt auf den Knopf, das Bild kommt wieder, die Männchen stehen wieder da, die Rohre schießen, die Männchen werden schwarz und fallen um. Das Spiel ist aus, die Münzen fallen aus dem Kasten. Die Frau nimmt sich das Geld.

Die hier ist auch vom Land gekommen. – Der Mann vom Bahnhof schiebt mich vor. – Sie sucht nach einem Mann, der Michel heißt.

Die Frau steht auf, zieht einen Schlüsselbund und geht zur Treppe.

Das Haus ist leer, sagt sie, die Zimmer sind geräumt, und wenn du seins willst, sagt sie, kannst dus haben.

Ist er denn nicht mehr hier, wann ist er weg, wohin, Frau, bleib doch stehn und sag es mir.
Die Frau geht, hört nicht, steigt schon Stufen. Ich geh ihr nach.
Wo sind die Männer hin, frag ich, was tun sie in der Stadt, warum ist keiner mehr zurückgekommen?
Die Frau bleibt stehn.
Nachts, sage ich, kannst du die Frauen vom Dorf durch die geschlossnen Türen weinen hören. Tags sitzen sie und sehn zum Fenster raus, zum Ufer rüber, doch rufen tun sie lang nicht mehr. Die Alten sagen, vom vielen Weinen wird die Seele trocken, kriegt Risse, und wenn du weiter weinst, dann reißt sie auseinander. Die eine Hälfte bleibt bei dir, die andere fliegt weg, irrt rum und sucht, worauf du wartest.
Erst haben wir ins Fenster Licht gestellt, Tage gezählt und Dinge, die wir von den Männern fanden, herumgezeigt. Dann haben wir die Dinge weggeschlossen und nur noch ab und zu, jeder für sich allein, hervorgeholt, gedreht, gewendet.
Und manchmal meinst du, einer käme durch den Schnee gegangen, springst auf, rennst raus,

kommst wieder, sitzt still, starrst weiter in den Schnee, wirst kleiner.

Dann ziehen seine Hände nachts an deiner Decke, und wenn du wach bist, sind die Hände nicht mehr da, und deine Glieder sind verrenkt am Morgen.

Da spricht die Frau, die Worte reißen ihr den Mund auf: Mein Sohn ist tot, sagt sie, dein Michel, der kann auch gestorben sein. Die Jungen sterben heute vor den Alten. Sie gehn zum Roßmarkt, keiner kommt zurück.

Dann steigt sie weiter, hält im siebten Stock, läuft lang durch einen Gang, bleibt stehn vor einer Tür, schließt auf.

2

Das ist das Zimmer, sagt sie.
Ich seh zur Decke und zum Boden und umher. Keine Stimme, die hier von einem klebengeblieben wäre am Lack, kein Abdruck vom Fuß, kein Pulsschlag in den Wänden. Hier gibt es nichts, was sich erinnert.
Ist das das Zimmer, wo der Michel war?
Die Frau vom Haus ist weggegangen, der Mann vom Bahnhof auch.
Und es ist heiß. Die Sonne steht im Fenster. Ein Tisch, ein Stuhl, ein Bett mit Eisenstäben, ein Spülstein und der Kachelboden.
Ich fahre mit dem Finger in die Ecken, vielleicht daß doch ein Haar von ihm, ein Faden Michel.
Unten läuft die leere Straße, gegenüber im Haus sitzt niemand am Fenster, nebenan auf dem Kasernenhof steht kein Soldat. Da brennt die Sonne jede Ecke aus. Die Mauer ringsherum ist hoch. Als ich vorhin da unten ging, konnt ich nicht drübersehn, das Haus aus Ziegelstein nicht sehn, die Gitter, Eisentore, Fahnenmaste, und eine Stange mit Männern dran. Die Männer sind aus Pappe rausgeschnitten, Herzen sind ih-

nen aufgemalt, die roten Herzen haben Löcher.
Das Haus, was gegenüber steht, ist hoch. Da können viele wohnen, keiner kann alle, die da wohnen, kennen. Bei uns weiß jeder, wer wo wohnt und was er hat und tut in seinem Haus und was er nicht tut und versteckt, das weiß man auch.
Hinter dem Haus, das gegenüber steht, und denen rechts und links davon, stehn immer mehr. Hier kann ich keinen Himmel sehn, auch in der Hocke nicht, auch nicht, wenn ichs Gesicht ans Fenster drücke.
Die Stadt geht immer weiter. Da kann der Michel weit sein. Dahinten kann er sein, wos Abend wird, und kann noch weiter sein, da ist schon Nacht.
Und hier ist Tag und heiß, das Fenster klemmt.
Wenn er hier war, wenn Michel hier war, hat er vor mir hier an den Fenstergriff gegriffen. Ich nehm den Fenstergriff in meine ganze Hand. Da geht das Fenster auf. Die Luft steht still, ein Ton steht in der Luft. Die Stadt hat einen Ton, anders als Land, das still sein kann.
Da laufen Schritte in den Ton, da unten auf der

Straße läuft jemand, da kommt jemand. Ich hör ihn nur, ich kann ihn noch nicht sehn, hör, daß er schnell läuft, einen Fuß setzt der da unten fester als den andern auf. Der Michel auch, der hat auch einen fester als den andern aufgesetzt, den rechten hat er fester aufgesetzt. Ich beug mich raus – wenn der da kommt der Michel ist – das Herz schlägt auf den Fenstersims. Dann seh ich ihn, er hat das Haar, die Arme und die Beine. Ich rufe: Michel und er hört mich nicht, er läuft zum Haus, das gegenüber steht, und dreht sich um. Und wie ich wieder Michel rufen will, da ist ers nicht, ists im Gesicht nicht und verschwindet, geht in das Haus, die Tür schlägt zu.

Und jetzt ist still. Stille macht taub, legt sich auf Stirn und Schultern, drückt.

Ach, sag ich laut, wenn ich jetzt Nachbarn hätte, könnt ich sie besuchen. Ich nähme ein Stück Kuchen in die Hand, sänge mir eins, hüpfte übers Kopfsteinpflaster. Sechs Eier borgen, sag ich, guten Abend wünschen, und ein, zwei Worte wechseln, weinen oder lachen. Ich sags nur dir, Marie, ich sag dir was ins Ohr: er hat gesagt, dreh deinen Kopf nicht weg, ich du, hat er gesagt, und ihn genommen. Nase und

Mund, hinter der Stirn die Höhle, der Kopf war voll von was, ich habs gerochen und geschmeckt. Marie, und glaub mir nur, Marie, obwohl die Augen zu warn, hab ich es gesehn, es war wie Weiß und hat beinah geleuchtet. Was ist das, habe ich gefragt, es klebt wie Spucke. Es war ja nur ein Augenblick, Marie, dann stand er wieder vor mir wie davor. Wenn du jetzt weinst, hat er gesagt, dann fließt es weg. Da hab ich nicht geweint und hab gelacht.

Jetzt ist die Sonne weg, jetzt kommt der Abend.
Ich will die Tür verschließen, kein Schlüssel steckt, die Frau vom Haus hat ihn nicht stecken lassen, kein Riegel und kein Haken an der Tür. Ich rück das Eisenbett davor.
Ich zieh die harten Schuhe aus, die Röcke aus. Ich bleibe hier und morgen geh ich wieder. Steh früh auf, zieh mich an, geh runter auf die Straße, klopf dort an jede Tür, frag jeden, der mir aufmacht, wo Michel ist, wo Michel ist, und morgen wird es jeder wissen.
Ich geh zum Spülstein, dreh am Hahn, es zwitschert. Ich dreh ihn auf, es gluckst und schluckt.

Zwei, drei Tropfen kommen und ich hab Durst.
Ich habe Hunger und ich kann das Brot nicht essen. Es ist steinhart von dieser Hitze hier.
Ob die zuhause essen? Ob sie am Feuer sitzen, sagen, ich sei in die Stadt gelaufen? Die einen werden sagen: sie liegt tot im Eis. Sie werden sagen: das Warten, das macht Bilder. Sie hat heut nacht ein Bild gehabt, ist aufgestanden, rausgelaufen und hat das Bild gesucht und hat zu lang gesucht. Die andern werden sagen: sie hat ein Brot genommen und die Sonntagsröcke angezogen, sie will den Michel suchen, ist zur Stadt gelaufen, kommt nicht zurück, denn keiner kommt zurück.

Es zwitschert.
Der Schüler von dem Lehrer mußte sterben, und die zum Roßmarkt gehn, die werden umgebracht. Der Sohn der Frau ist tot, die Frau sagt, Michel könnte auch gestorben sein.
Sterbende sprechen einen an, sagen die Alten. Plötzlich sind die Leitungen frei und die Gedanken kommen durch.
Ich hab den Ruf heut nacht gehört, sonst hab ich nichts gehört, von Michel nichts gehört. Oft

Angst gehabt, daß ich was höre, oft stillgesessen und mit Angst gehorcht, mich nicht gerührt, mit nichts geraschelt und nichts gehört.
Sterbende sprechen einen an, sagen die Alten. – Und Tote? Die Toten auch, nur langsam, Tote sind langsam, sagen sie.
Ein Toter hat bloß noch sein Inneres, sagen sie, was innen ist, sieht aus wie das, was außen war. Stülpt es sich um, dann siehst du ihn. Starb er am Schlag, dann steht das Herz, starb er am Fieber, rennts, starb er am Kindbett, siehst du ein Loch in seinem Bauch, starb er am Krieg, siehst du ein Loch in seinem Kopf, ein Bein in seiner Hand, hörst noch den Schuß aus seinem Ohr.
Michel. – Zuhause hab ich manchmal aufgezählt, was ich hergebe, wenn ich Michel wiederkrieg: ein Zeh, ein Finger, eine Hand, ein Fuß, ein ganzes Bein, mein langes Haar und meine ganzen Zähne, ein Jahr von mir, zwei Jahre, zehn und zwanzig, und alle bis auf eins und das mit ihm und jetzt.

Es zwitschert.
Ich setz mich auf das Bett, das Bett ist hart, die harten Tücher knäulen, es ist heiß.

Gezwitscher aus allen vier Ecken.
Wenn der Raum ein Kasten wär und auf dem Acker stünd, könnten die Singvögel Kreise um ihn ziehn und an den Kanten ihre Schnäbel wetzen. Aber der Kasten ist eingemauert, in den vier Wänden liegen Rohre, die zwitschern eben, auch wenn sie gar nicht wissen, was das ist.
Draußen ist hell und dunkel. Das Zwielicht klebt am Lack, hockt auf den Kacheln. Es sieht elektrisch aus, wahrscheinlich kommt Gewitter. Ich sitze still und warte auf den ersten Schlag.
In die Kornpuppe kriechen. Augen zu, Ohren spitz. Wenn die drei trocknen Schläge rum sind, fällt der Regen, löscht den Blitz aus, fällt auf die Wiesen, wo die heißen Kühe liegen und alle Viere von sich strecken, damit der Regen ihre Euter kühlt, fällt auf den Acker, wo die Puppe steht, in der ich ich bin, ich, so ich. Das Korn sticht mich an. Ich kriege Lust auf Haferbrei.
Mit spitzen Ohren hör ich den Regen durch die Erde gehn. Die Wurzeln saugen, frische Triebe trommeln, stoßen aufwärts.
Dann steigt der Michel zu mir rein: Verläßt du mich nicht, dann verlasse ich dich auch nicht, nie und nimmermehr.

Und wenn das Wetter über die Äcker treibt und die Wiesen überschwemmt, reißt es die Kornpuppe mit, weit hinaus, weit, weit bis hinter unsre Grenzen. Dort hören wir viel von andern Ländern, andern Bräuchen und kommen erst am Abend wieder heim.

Ein Ton schlägt an und reißt mich raus aus mir, zurück, rein in die Stadt, ins Haus, ins Zimmer. Ich kenn den Ton. Manchmal, wenn Südwind war, schlug er vom Frankfurt-Ufer zu uns rüber.
Ich steh vom Bett auf, will das Fenster schließen. Seh nebenan, auf dem Kasernenhof Soldaten laufen, sich aufstelln, stillstehn. Der Ton fährt auf und ab, von hoch nach tief, schreit, heult, macht Angst und mitten in der Hitze werden die Hände kalt. Die Eisentore fahren auf. Wagen stehn da und die Soldaten springen rein. Lichter gehn an, die Wagen fahren auf den Hof.
Der Ton kommt aus den Wagen und auf den Wagendächern drehen Lichter, die schlagen rundherum an Mauern, Häuserwände und auch an mich.
Die Wagen fahren einen Kreis, fahrn Rohre aus.

Die Rohre drehen sich und zielen auf die Männer, die an der Latte hängen. Die Rohre schießen. Arme fliegen, Beine, Köpfe.
Die Wagen stellen sich in Zweierreihen, die Lichter schlagen. Dann fährt das Hoftor auf, die Wagen fahren raus, das Tor fährt wieder zu, die Wagen fahren auf die Straße, langsam und dicht fahrn sie an meinem Haus vorbei, fahrn weg, der Ton wird leiser.

Das Zwielicht knistert, das Gewitter muß gleich losgehn. Die Hitze platzt gleich, denn sie hält die Luft an.
Du sollst nicht nah am Fenster stehn, sagen die Alten, wenns blitzt reißt alles auf und zieht dich in den Spalt.
Die Wetter werden schlimmer, seit die Häuser hoch sind, sagten sie, die Schöpfung wehrt sich.
Der Himmel war schwarz, die Sonne schien schief, Häuser und Bäume standen da, wie ohne Wurzel.
Unser Haus war aus Stein. Wir saßen in der Zimmermitte. Die bestickten Kissen, die geschnitzten Schränke, ein Erlöser an der Wand,

Fenster in jeden Himmel. Draußen stand die Pappel.
Die Alten setzten uns in ihre Mitte. Sie stellten die Rücken aufwärts gegen die Blitze. Sie strickten und stickten und sprachen leise von den unbekannten Dingen. Ein Sog entstand. Wir rückten in die Nähe der Verstorbenen.
Keiner hörte den Donnerschlag, fuhr zusammen und griff sich ans Herz. Keiner sah, wenn der Blitz in die Pappel fuhr, drin hängenblieb und sich verzweigte, einen Ast abbrach, eine Weile an dem abgebrochnen Ende festhielt, wie eine Zündschnur glomm und glühte und übersprang zum nächsten Ast.
Aber manchmal wurden die Alten stumm und breiteten die Arme. Dann schlug der Blitz in ein Haus, und das Haus war aus Holz und brannte ab.

Der Boden schwankt, ich laß die Bilder fahren. Die Kacheln rutschen kreuz und quer, die Straße unten krümmt sich, gegenüber im Haus entsteht ein Riß.
Ich will vom Fenster weg, ich will zum Bett. Der Putz fällt von der Decke, Wasser stürzt aus dem Hahn. Das Zimmer scheint mit Hindernissen

vollgestellt, ich stoße an und falle hin und her, ich komm zum Bett und falle, lieg da und halt mich an den Eisenstäben fest.
Jemand klopft an meine Wand. Jemand heult im leeren Haus.
Die Stadt, die Stadt bricht durch, verwüstet Land, vertauscht die Sommer mit der Winterzeit, sodaß die Welt ganz anders wird, bloß durch die Stadt.
Und Michel? Wenn er hier ist, wenn er da ist, ob er dann noch wie Michel ist? Vielleicht ist er verdreht und fremd wie alles andre. Und sieht er mich, dann kennt er mich nicht mehr, und wenn ich Dorf sag, sagt er Stadt, und sag ich Sommer, sagt er Winter.

Niemand ist jemand, es ist Nacht und nur die Wagen sind noch unterwegs und heulen hier irgendwo aus dieser Stadt.
Die Nacht machts Maul auf, sagen die Alten, wenn Furcht und böse Bilder kommen, Nachtmaul.
Ich such mein Nachtgebet und kanns nicht finden. Ich zieh die Decke übern Kopf. Die Nägel kratzen an den steifen Tüchern. Sie rutschen ab,

ich suche einen Anhaltspunkt. Lieber Michel, sag ich, und find die Worte nicht für das Gebet. Und rutsch an Michel lang, das M zieht sich, dann komme ich zum i, der Punkt kommt auf den Strich, der Strich wird lang, und wie ich bei dem c bin, will ich schnell nach h und such es, find es nirgends, nehm Stock und Hut, steig über e und l, steig langsam, denn die Füße, das sind alte Lappen.
Ich geh zurück in mein Dorf. Es ist verwüstet, denn es ist der tote Winter. Kein Frühling und kein Rotdorn blüht. Auf und nieder gehn die Träume, daß die Balken biegen. Die Äste schlagen aufs Dach. Wir können nicht schlafen. Wir müssen die Birke fällen. Die Birke steht am Bach, die Fischlein beißen Schlamm.
Der Häher mit seinem schlimmen Geschrei fliegt kreuz und quer über die Frostwiese.
Früh, wenn die Häher krähn, sing ich mein trauriges Lied. Ich steh am Herd und ich muß weinen, weil ich weitersinge. Ich rühr in einem Topf und meine Tränen unter. Michel, heißt das Königslied, und ich singe es mit meiner lauten Morgenstimme.

Das ist der Morgen. Morgenrot streicht über die Lackwände.
Ich hab im Schlaf geträumet. Der Traum ist hart geworden, die Haut spannt. Ich mache Spucke drauf.
Die Sonne scheint. Die Kacheln liegen kreuz und quer und von der Decke ist der Putz gefallen.
Gegenüber ist der Riß im Haus. Unten auf der Straße liegen Steine. Nebenan der Hof ist leer. Wo sind die Wagen hin, was machen die Soldaten? Die Männer haben sich gedreht an ihrer Latte, ich kann jetzt sehn, aus welchem Holz sie sind. Die Dinger da sind rohe Bretter.
Ich habe Durst. Der Mund ist heiß, die Zunge kratzt, die Ecken kleben. Das Wasser läuft noch immer aus dem Hahn. Ich trink und zieh mich an. Rücke das Bett ab, mach die Tür auf und geh raus.
Ich will zum Pfarrer gehn, zum Bürgermeister und zum Doktor, einer wird wissen, wo der Michel ist.

3

Da ist der Flur, da ist die Treppe. Da bin ich gestern raufgekommen. Da ist ein Fenster, da kann ich in die andre Richtung sehn, da stehn die Häuser nicht so hoch wie vor dem Zimmerfenster, da kann ich weit sehn, Himmel sehn. Kann Häuserstraßen sehn, die laufen kreuz und quer, verhaken sich und springen wieder auseinander. Seh einen schwarzen Fleck, ein Viereck, einen Hof, ein Kirchenhaus und Kreuze.

Werd runtergehen, dort zu dem Kirchhof gehn und werd dort nach dem Pfarrer fragen. Und wenn der Pfarrer wie der Lehrer sagt: Michel heißen viele in der Stadt, dann werde ich dem Pfarrer sagen, wie der Michel aussieht. Werd sagen, er hat braunes Haar. Erst war es blond, dann ist es braun geworden, und wie es jetzt ist, weiß ich nicht. Werd sagen, seine Augen, die sind hell und weit, und manchmal dunkel, weiß nicht wie, nicht blau, eher grün und grau und manchmal sind sie schwarz und anders. Ich werde sagen, er hat eine starke Stimme und manchmal ist die Stimme schwach und leis,

dann ist er nah und sagt mir was. – Ich weiß nicht, wie er spricht, ich weiß nicht, wie er aussieht, werd ich sagen, Pfarrer, ich weiß es nicht, ich weiß es gar nicht mehr.
Ich seh den Michel vor mir wie ein Bild, das alt und fern ist, dabei ist dieses Bild doch von Zuhaus. Es blättert, hat schon Eselsohren.
Ich nehm mich fest und sag: Ich gehe jetzt zum Pfarrer, und sag es laut, daß ich mir folgen kann.
Der Kirchhof liegt an einer langen graden Straße. Die Straße läuft zu einer Kreuzung und von der Kreuzung läuft die andre große Straße bis zum Hof von den Soldaten.
Ich muß um den Kasernenhof herum, muß links gehn, an der hohen Mauer lang, dort langgehn, wo ich gestern mit dem Mann vom Bahnhof ging und immer links, dann komm ich auf die Straße.

Draußen ist Morgen, aber nichts ist frisch. Die Luft ist schwer und dämpft die Schritte, die ich mache.
Die höchsten Stöcke von den Spiegelhäusern flackern, die Morgensonne brennt und sticht.

Ich geh nach links. Die Hitze kommt sogar durch meine dicken Schuh. Geh an der hohen Mauer lang. Seh Sprünge in der Mauer, Ziegel auf der Straße, Glas liegt am Boden, schneidet, knirscht. Geh auf der großen Straße bis zur Kreuzung und auf der langen graden Straße bis zur Kirchhofsmauer. Geh weiter, halt die Hand am Mauerstein, im Staub gibts einen Streifen, komm an das Tor und mach es auf.

Da liegt der Kirchhof mit den Kreuzen und hinten steht das Kirchenhaus. Der Turm ist abgebrochen, ein Schuttberg klettert an der Kirchwand hoch.

Der Weg führt grade zu der Kirche hin. Da laufen zwei, zwei Alte laufen da und kommen ab vom Weg und laufen hin und her von einem Kreuz zum andern.

Ich rufe: Hallo, wißt ihr, wo hier der Pfarrer ist?

Sie hörn und sehn mich nicht, sie laufen zickzack.

Ich steige über Kränze, Blumenstroh, ich geh zu ihnen hin, da sehn sie mich.

Die Frau läuft mir entgegen, ruft mich Tochter.

Der Mann läuft hinterher und hält sie fest, sagt: Laß die Frau, sie ist nicht deine Tochter, die

Tochter ist doch tot, komm weiter, such das Grab.
Die Frau faßt meine Hand und hält sie fest und hoch und führt sie hin und her.
Was willst du mit der Hand, frag ich.
Was ist das, Hand, fragt sie. Läßt los, geht weg, läuft dorthin, wo der Mann läuft.
Der Mann läuft durch die Kreuze, er liest die Namen laut. Sie schlingert, schwankt. Der Mann bleibt stehn, er macht die Arme auf, er hält sie. Er stützt sie, führt sie, trägt sie fast. Geht weiter mit ihr, liest die Namen weiter. Sie wiederholt die Namen, die er sagt, geht mit ihm, setzt die Füße übernander.
Hier ist das Kreuz, hier ist sie, sagt der Mann. Sie bleiben stehn.
Da dreht die Frau sich zu mir um, ruft: Warum bist du weggegangen? Wärst du bei uns geblieben, wärst du jetzt nicht hier. Was tust du nachts am Roßmarkt, was hast du da zu suchen?
Ich geh zu ihr und sag: Ich bin nicht deine Tochter. – Da hängt sie sich an mich, ist feucht und weich und klebt an mir.
Ich mach mich los. – Ich bin nicht deine Tochter, sag ich wieder.

Und da versteht sie mich und sieht mich, kreiselt und reckt den Hals und fällt.
Sie liegt am Boden, Wasser läuft aus ihren Augen. Sie dreht den Kopf und sucht mich. Und wie sie mich im Auge hat, da springt der Apfel langsam und laut in Scherben. Der Mund wird spitz und fällt nach vorn, ein schlapper Schnabel.
Ich heb sie auf und setze sie ans Kreuz von ihrer Tochter, der Mann setzt sich daneben, ich setz mich auch. Ich nehm mir ihre Hand, der Mann gibt seine. Die Hand der Frau wird langsam kalt und mitten in der Hitze fang ich zu frieren an.
Die Gedanken der Toten laufen wie Ameisen, viel und schnell.
Die Baumschatten und die Wolkenschatten. Die Sonne zwischendrin ist flüssig, summt. Die Bienen waren kleine Dinger. Vogelsang. – Ich hatt, ich hatte einen Sommergarten. Da kam die Katz, die Katz hat eine Meise totgebissen, sie hat sie vor mich hingelegt und ist gegangen. Die Meise wollte noch was sagen, aber aus ihrem spitzen Mund schoß Blut und schob die Wörter weg. Ich hab sie hochgehoben. Sie ließ den Kopf bis auf die Füße hängen. Dann hab ich Blumenköpfe abgerissen und hab die Meise draufgelegt

und dann zusammen mit den ganzen Köpfen auf die Schaufel und dann als Totenzug um die vier großen Beete, das Kohlbeet, den Kartoffelacker, das Blumenbeet, das Erdbeerfeld. Im Kohlbeet, in einem Kopf, hab ich die Augen von der Katz gesehn, sie haben gezwitschert. Ich habe laut gesungen, dann habe ich begraben. – Das Vogelgrab, der Käferfriedhof, tote Meisen, faule Käfer, alles voll davon.
Der Mann ist auch gestorben. Der Puls, der Atem, alles still. Die Frau wird hart, die Hand wird hart, ich laß sie los.

Und hör ein Läuten in der Luft. Der Glockenturm ist abgebrochen, wo kommt das Läuten her? Ich rufe nach dem Pfarrer.
Da tut sich was, da kommt was auf mich zu, springt über Gräber, hat den Pfarrock an, Hände verschränkt und blutig, Ärmel hochgekrempelt.
Ich seh ihn und ich kenn ihn, er hat den Buckel. – Pfarrer, ruf ich und häng an seinem Hals. In seinem Kopf hör ich das Blut, es strömt und strömt.
Pfarrer, warum bist du denn nicht zurückge-

kommen? Zuhause sagen sie, die Stadt hätt dich geschluckt wie alle andern. Sie fürchten sich, weil du schon lange weg bist und weil die Kirche zu ist und die Glocken nicht mehr läuten. Pfarrer, du hast gesagt, du wirst die Männer holen, hast Wasser aus der Kirche mitgenommen, zwei Bilder und das Buch und hast gesagt, du kommst gleich wieder, und bist jetzt immer noch nicht wieder da. Ich such den Michel, Pfarrer, als du fort warst, ist auch der Michel fortgegangen. Ich such ihn und du wirst doch wissen, wo er ist.
Der Michel ist bei Rudi, sagt der Pfarrer.
Das Totenkleid, das Brautkleid und das Taufkleid, die liegen alle in der Truhe unterm Dach. Das Totenkleid ist weiß, das Brautkleid auch, das Taufkleid auch. Die Truhe ist verschlossen.

Der Pfarrer hebt die Frau vom Boden auf.
Der Mann gehört dazu, sag ich, du darfst ihn hier nicht sitzen lassen. Wenn du sie wegbringst, muß er mit.
Den einen legt der Pfarrer sich auf seinen Bukkel, den andern hält er in den Armen fest. – Komm, sagt er und er führt mich. – Ich bring dich in mein Haus. Der Turm ist heut nacht ab-

gebrochen, sagt er und lacht, aber das Schiff steht noch bis morgen oder übermorgen, dann geht es unter.
Wir gehen auf dem graden Weg zur Kirche und um das Kirchenhaus herum auf die ganz andre Seite.
Löcher sind ausgehoben. Der Pfarrer setzt die Frau und ihren Mann in eins hinein. Da sitzt schon einer. Das ist der Jakob.
Jakob, sag ich.
Er kann dich nicht mehr hören, sagt der Pfarrer.
Der Jakob sitzt mit offner Brust und atmet nicht. Er hat noch das karierte Hemd an. Das kenn ich doch, das ist sein Sonntagshemd.
Ich knöpf das Hemd von Jakob zu, damit die tote Brust weggeht.
Der Pfarrer nimmt den Spaten, der am Boden liegt, und geht zum Kirchenhaus. Ich geh ihm nach.
Hier kannst du warten, sagt er, morgen bring ich dich zu Michel runter.
Warum erst morgen? Wo ist unten? Muß ich die Treppen zu den Zügen nehmen, ist er da?

Der Pfarrer schließt die Tür zur Kirche auf.
Grade, kahl, schwarzweiß der Raum. Kein buntes Bild, kein Tabernakel, und der Altar steht wie ein Hackklotz da.
Ist das die Kirche? Wovor kniet man hier?
Kein Bildnis machen, sagt der Pfarrer. Dinger stehn im Weg und Bilder klemmen fest, sagt er.
In einer Ecke steht ein Bett. Ein Stuhl, ein Tisch, ein Licht drauf. Der Schwamm sitzt in den Wänden. Es riecht nach Kellerräumen, Kinderangst.
Der Pfarrer zieht den Rock aus. Er steht im Hemd, ich kann den Buckel sehn. Er setzt sich auf das Bett, er atmet, schwitzt, sein Herz schlägt, es ist heiß. Durch seine Haut fließt Blut, ich kann es sehn, die blauen Adern schlagen.
Er zieht mich neben sich, lehnt sich zurück, die Wand ist feucht, sagt, daß er jetzt erzählt, fängt an:
Es ist schon lange her, zehn Jahre, zwanzig, da wurden Häuser in die Stadt gebaut, Türme aus Spiegelglas. Das Glas sog Licht an, warf es als Hitze auf die Straßen. Wie alle Türme standen, verkehrte sich die Stadt, verlor den Schatten, wurde heiß. Wer hinter diesen Spiegeln steht,

welche Gesichter und die Namen, wußte niemand in der Stadt.
Aber die drin sind, sagt der Pfarrer, springt auf vom Bett, läuft durch das Kirchenhaus, – die drin sind, in den Türmen, die sehn raus, die sehn dir nach, die kennen deine Wege, und gehst du neue, bist du tot und hast den Mund voll Sand.
Er kommt zurück, setzt sich, spricht weiter: Einmal, mit einem frischen Wind, kam einer auf, der Rudi hieß. Er ging zum Roßmarkt, viele gingen mit. Er verlangte Gesichter zu sehn und Antworten zu hören, den Blick fest in die Spiegel ringsherum gerichtet. In Chören riefen sie: Da ist der Feind. Er schlägt uns jeden Tag und droht mit immer neuen Schlägen. Doch diese Schläge werden uns vereinen, heut oder morgen oder übermorgen.
Dann fiel ein Schuß und Rudi war getroffen. Und die, die mit ihm warn, die liefen weg. Die gingen heim, krochen in ihre Häuser.
Die Hitze blieb, kein Herbst, kein Winter. Die, die mit Rudi auf dem Roßmarkt waren, wurden alt.
Aber als ihre Kinder groß warn, als sie die Bücher ihrer Eltern fanden, lasen: das Feld der

Hoffnung sei riesengroß und überall, man müsse es beackern, säen, dann ginge Freiheit auf, Angstträume, Schreckensbilder unter, – standen die Wünsche genauso taumelnd, offen und unfertig in der Luft und schlugen genauso heftig auf sie nieder wie vorher, vor der Zeit, auf ihre Eltern.
Da brachen sie aus ihren Häusern aus, zogen zum Roßmarkt, trugen Fahnen mit Sprüchen drauf, die noch von Rudi stammten, warfen Steine in die Spiegel. Dann fuhren Wagen auf und schossen sie zusammen.
Maul halten, hieß es oder totgeschossen werden. Die Zeit blieb stehn, die Wirklichkeit war durchgestrichen, und jeder dachte, es sei bloß sein Traum.
Da kam ich in die Stadt. Am Boden und an Häuserwänden las ich Hilfewörter, sah Tote auf dem Roßmarkt liegen und begrub sie dann.
Und Michel, frag ich.
Dann kam Michel. – Der Pfarrer springt vom Bett. – Er sah die Leute auf den Roßmarkt gehn und sah die Wagen kommen, auf die Leute schießen. Da hat es ihn gepackt und mitgerissen, da ist er auf die Wagen zugelaufen, hat geschrien: Die Türme stehn vorm Licht, das Eis

wächst hoch, der Wald bricht um, die Erde hat zu atmen aufgehört.
Ich hab ihn schreien hören, habe mitgeschrien. Ich hab ihn fallen sehn und als die Wagen wegwarn, bin ich hingelaufen, wollte ihn begraben. Da lag er. Und da stand er auf und hat gesagt: Wir müssen in die Erde gehn, wir müssen graben, untergraben, was uns zerstört, muß weg, muß untergehn.
Und viele kamen mit uns in die Erde, die Männer von zuhaus und Frauen und Männer von der Stadt.
Dort unten stießen wir auf Rudi und alle die, die auf dem Roßmarkt umgekommen warn. Er zeigte uns das Loch in seinem Kopf, den leeren Kopf, ausgeblasen wie ein Ei.
Er hat gesagt, daß gar nichts ewig sei. Auch die Zerstörung nicht, auch nicht der Kreislauf von Zerstörung zu Zerstörung. Die Welt, die Erde, die Natur, er, seine Freunde, alles sei voll von Plänen und Entwürfen. – Wenn ihr sie jetzt verwirklicht, hat er zu uns gesagt, wenn ihr jetzt untergrabt, was euch und alles andere zerstört, dann kommt euch alles, was hier ist und was nur wartet, um zu wirken und auch die Freunde hier, ich auch, zu Hilfe.

Nicht ein Mensch mußte kommen, sagt der Pfarrer, es mußten viele sein. Jetzt sind sie alle unten, Michel, die Männer von zuhaus und viele Frauen und Männer von der Stadt. Sie hören Rudis Lehren, graben, höhlen die Erde aus und sind mit ihrer Arbeit bald zuende.
Der Pfarrer setzt sich und spricht weiter: Ich stieg zurück, ging wieder in die Stadt, denn immer mehr gehn auf den Roßmarkt, die Wagen schießen und ich begrab sie dann. Erde ist kühl und feucht und löscht das Feuer, das sie verbrennt.

Ich seh durchs Kirchenfenster, seh den Himmel laufen, Wolken fahren zusammen, machen Nacht. Die Stadt ist still, als wär da keine Stadt.
Dann fragt der Pfarrer nach zuhaus.
Die alten Bilder mir ins Auge: das Haus, der Hof, das Vieh, der Acker. Die Saat geht nimmer auf. Die Vögel stecken steif im Eis, die Krähn. Die Zeit steht still am letzten Ende.
Dann fange ich von Michel an. Die Mutter, sag ich, seine Mutter.
Mütter verlieren ihr Gesicht und werden alt. Du

suchst es, suchst es, kannst nicht glauben, daß es weg ist. Dann findest du ihr Bild in einer Lade. Das war sie früher, sagst du und behältst das Bild, und siehst es immer wieder an und übst erinnern.
Geh nicht, hat sie gesagt, komm wieder, eh du stirbst. Jetzt sitzt sie still und wartet auf den Sohn.
Ich kann den Pfarrer nicht mehr sehn, es ist zu dunkel, ich hör ihn nur, er sagt nichts, atmet bloß. Ich atme mit, aus, ein, wie er. Alles wird ruhig und gut, er atmet gut.
Es ist schon Nacht, sagt er, ich muß jetzt weitermachen. Die Toten müssen in die Erde rein. Schlaf gut, sagt er, ich weck dich morgen.

Er geht, die Bilder bleiben, schwimmen durchs Kirchenschiff und schlagen an.
Die Alten hockten um die bunten Hähne – Kämme massieren, bis sie schwellen, dann kommt der Hahnentritt, Hahnenblut spritzt weit, dann kommt der Hahnentod, Hahnenfuß wird abgehackt, Kämme kommen vor die Hundeschnauze – da gab es Streit. Die Väter stritten sich, da schlugen sich die Söhne.

Michel war da, sein Blut lief aus ihm raus. Ich habs gesehn, ich wollte hin, da hielt der Schreck mich fest. Du mußt auch sterben, habe ich gedacht, so wie die Alten, die dann unterm Grabtuch liegen, und alle sitzen da und weinen laut, und wenn sie rausgehn, heben wir das Tuch und kucken, ob so ein Toter noch zwei Füße hat.
Als ich sein Blut sah, habe ich geschrien. Er hats gehört, hat nicht zurückgeschlagen, kam. Dann lag er oben im trockenen Heu.
Ziehs Hemd aus, habe ich gesagt.
Das Blut lief aus der dicken Ader raus. Die Ader schlug.
Halt still, hab ich gesagt.
Das Blut ist weggelaufen. Das Heu, die Halme wurden weich davon, haben nicht mehr gestochen, lagen um wie frisches Gras.
Michel, hab ich gesagt, und wenn wir sterben müssen, wenn einer vor dem andern stirbt, dann hält der andere den einen so lang warm, bis er auch kalt wird. Dann nehmen sich die beiden an der Hand, gehn über Stock und Stein, wohin es geht.

Michel, sag ich. Michel kommt und geht. Er ist mal hell und ist mal dunkel. Ich kann ihn immer wieder kommen lassen und das Schwarzweiß, in dem er kommt, mit Buntstift buntig malen, sodaß er dasteht, wie er war, als ich ihn sah.
Michel, sag ich. Er gräbt und ist älter geworden. Was Fremdes sitzt in seinem Blick. Es sitzt da fest.
Michel, sag ich. Er gräbt. Ich nehme seine Hand. Die ist so nah, daß ich sie schmecken kann. Ich stecke mich in seine Haut, da platzt das Bild.

Ich setz mich auf den Boden, warte auf den Schlaf. Ich mag nicht auf das Bett vom Pfarrer gehn. Das ist sein Bett, nicht meins, und seins solls bleiben. Ich nehm die Decke, wickle mich hinein.
Mein Fuß wippt im Viervierteltakt. Ich kann mich nicht abstellen. Ab und zu verschwinde ich, ich streichle einen Vogel und streichle einen Fisch, Michel gräbt, sein Mund ist heiß, ich fahr durch seinen Hals, durch seinen Bauch und teil mich dort und fahr in alle seine Eck und Enden.

Aber immer wieder zusammengezogen und zurückgestellt in meine eigenen Zusammenhänge sitz ich da.
Und hör die Kirchenvögel. Die Kirchenvögel fliegen um den abgebrochnen Turm. Sie ratschen mit dem Schwanz am Wetterhahn.
Die Decke hat Löcher, ich rutsche durch, spring heimlich über Hecken, renne, der schwarze Schlaf verschluckt mich, ich verlier mich in mein Land. Mein ganzer Saft geht schon in Tannenspitzen.
Windlos, die Nacht ist windlos. Aber der Wald rauscht, die Blätter werden getrieben. Am Rascheln kann ich die Baumart kennen, auch ohne Augen oder mitten in der Nacht.
Die Adern am Boden, die Wasseradern und die Pulsadern klopfen, platzen, schütten sich aus.
Windlos, die Nacht ist windlos. Der Boden ist aus Papier. Die Frau träumt. Aber der Mann. Der Mann malt Bäume, der Boden wird ein Wald. Die Frau kommt, bricht dem Wald die Äste ab. Der Mann legt sie übereinander, macht Feuer, es wird heiß. Ein Ziehn geht durch. Es ist ein langer Ton, wie eine Sehne, die sich spannt und dehnt und sehnt. Das Blut ist ein Schlag

nach dem andern. Das Blut schlägt nach vorn, schlägt über. Aus der Traum.

Zwei, drei Uhr, starker Mondschein. Die Kirchenfenster glitzen. Der Mond schüttet sich aus und in die Kirche treten scharfe Schatten.
Draußen gehn Schritte, Menschen, Schritte, als gingen welche da im Kreis herum.
Nacht geht, sagen die Alten.
Nacht geht, als gingen welche da im Kreis herum.
Andre Gedanken als die eigenen klettern am Kirchenfenster hoch und steigen ein. Ein Ziehn geht durch mich durch. Die Nacht hat Finger.
Am Morgen stand der Mond noch immer am Himmel. Zwei Vögel sind vor meinem Fenster zusammengestoßen. Da hab ich mich besonnen und bin erwacht.

Wenn Michel drunten gräbt, kann er nicht sehen, wie der Himmel hell wird, wie hell es wird!
Alles bricht auf unter der Sonne, blendet und die Hitze springt einen an wie ein Hund.
Draußen gehn Schritte und dann klopfts ans Kirchentor.

Pfarrer, ruf ich.
Das kann doch nicht der Pfarrer sein. Der Pfarrer hat den Schlüssel. Und wenn das nicht der Pfarrer ist? Pfarrer, ruf ich.
Zwischen mir hier und dem, was draußen ist, ist bloß die Kirchentür und bebt ein bißchen von dem Schlag. Ich halt die Luft an, doch das Herz schlägt weiter. Und mir fällt die Geschichte ein, die Geschichte von der Frau, die ihr langes Haar abgeschnitten hatte. Die Alten haben sie uns bei geschlossner Tür erzählt, denn die Geschichte war verboten.
Die Frau, die ihr langes Haar abgeschnitten hatte, saß schlaflos und gefangen da und neben ihr, getrennt durch eine Wand aus dickem Stein, da saß ihr Freund genauso schlaflos und gefangen. Kein Ruf drang durch die Wand und auch kein Schrei. Die Fenster warn vergittert und die Türen warn verschlossen mit einem Schlüssel, dens nur einmal gab.
Draußen war Herbst, die Pflaumenzeit. Da kam wer. Es geschah am frühen Morgen, oder es war mitten in der Nacht. Auf leisen Sohlen kam wer lange Gänge lang. So leis kam wer, daß davon noch nach Jahren nur geflüstert wurde. Der Wer ging an den Wächtern dicht vorbei. Die schliefen

oder machten bloß die Augen zu. Der Wer kannte sich aus und hatte einen zweiten Schlüssel von dem, den es nur einmal gab.
Er trat durch die Tür. Schoß der Frau ein Loch in den Kopf. Schlug ein Loch in die Wand. Schob ihr die Waffe in die Hand. Verschwand.
Am nächsten hellichten Morgen hieß es, daß die Frau, die einmal lange Haare gehabt hatte, eine verbotene Waffe in einem Wandloch gehabt habe, und da sie den Verlust der langen Haare nicht länger ertragen habe, habe sie sich in den Kopf geschossen.
Ein Schlag, die Tür wird aufgestoßen, das Licht bricht durch.

4

Ich bring dich heut zu Michel runter, sagt der Pfarrer.
Sein Haar ist struppig, seine Stirn zerzaust, der Pfarrock ist voll Erde.
Wir gehn, die Luft ist zäh, die Sonne brennt, es ist die Mittagssonne. Der Boden schwankt, der Pfarrer hält mich fest. Die Kirchhofsmauer hat tiefe Risse. Der Pfarrer geht mit festen Füßen vor.
Wir gehn durch eine Allee. Das Laub auf den Bäumen ist alt. Der Pfarrer sagt, es hängt seit Jahren da.
Ein Wind fährt uns an. Der Pfarrer hält die Röcke fest. Ein Blatt fällt. Der Pfarrer reißt mich in den Rinnstein runter.
Die hohen Häuser sind hier nah, sagt er. Keiner darf sehn, wohin wir gehn. Und wenn dich einer wegen Rudi fragt, dann sagst du: Rudi ist längst tot, das weiß doch jedes Kind.
Wir kriechen, aus dem trocknen Rinnstein stinkts.
Wir steigen hoch und gehn an Häusern lang, dicht an den Wänden, auf der Schattenseite.

Der Pfarrer sagt: Wir müssen warten, bis es dunkel ist, dann gehn wir auf den Roßmarkt.
Und Michel, frag ich.
Es gibt hier ein Café, da warten wir. Da ist sogar noch ein Servierfräulein, sagt er, und nimmt zwei Schritte auf einmal.

Das kleine Café ist leer und verqualmt.
Wo kommt der Qualm her, frage ich das Fräulein.
Es zuckt die Schultern, weiß es auch nicht. Es ist noch jung, aber gebrechlich. Es hustet, seine Adern stehen hoch.
Der Pfarrer fragt es, was es gibt. Es gibt nichts, und es geht wieder.
Die Wände haben Sprünge und ab und zu reißt einer weiter auf. Wenn ein Sprung auf den andern trifft, dann reißt ein Dreieck, dann fällt Putz vom Stein.
Filz hängt vorm Fenster, matte Lampen an der Wand, Fliegen liegen drunter auf den Flügeln, brummen. Alles ist speckig hier, vergilbt und dumpf wie alte Raucherfinger.
Das Fräulein ist am leeren Glasbüfett versunken. Blaß steht es da und lehnt sich nicht

mal an. Begegnet dort sich selbst, spricht, nickt.
Der Pfarrer träumt, die Augendeckel fallen. Er spricht vom Kuchenessen, zählt die Kuchen auf, die ihm am liebsten sind, und rutscht weit weg.
Hier drin ist heiß, so heiß wie draußen. Dem Fräulein steht der Schweiß in Perlen, dem Pfarrer läuft er von der Stirn in den gestärkten Kragen rein.
Ich streich den Staub, der liegt in Streifen.
Das Warten auf den Sommer und den Winter, auf Tag und Nacht, auf Sonne, Regen. Die Kirchuhr schlägt die Stunde, jedem Tag sein Maß. Das Warten, das geht immer weiter fort.
Ich geh zum Fräulein, stoß es an. Es dreht den Kopf zu mir, sieht durch mich durch. Ich stoß es noch mal an, es nimmt den Blick zusammen.
Ja, sagt es, was denn?
Ach, bloß reden, sag ich. – Der Pfarrer schläft, es ist so still.
Ja, sagt es, will zurückversinken.
Ich halt es fest. – Was machst du, frag ich.
Ich warte, sagt es.
Worauf, frag ich.
Es zuckt die Schultern wie vorher. – Ich warte

immer, sagt es. Wart bis ich gehn kann, wart bis ich zuhaus bin, dann wart ich und dann schlaf ich und dann weiß ich nicht, dann wach ich auf, dann bin ich wieder hier. Und manchmal träum ich, – die enge, abgenutzte Stimme kriegt einen Klang – dann wird das Glück versucht, sagt es, Blut springt ihm ins Gesicht, es rutscht tief in was anderes hinein, – es schmeckt verboten, sagt es, – und macht alles neu.

Ich laß es stehn und dabei bleiben. Ich geh zurück zum Tisch. Der Pfarrer schläft, das Fräulein spricht für sich.

In unsern Tisch sind Namen eingeritzt. Josef steht da, Josef, so hieß der Vater. Und neben Josef schreib ich Michel in den Staub. Michel, ich hab den Namen lange nicht gesehn.

Die Zeit, die Zeit ist keine grade Sache. Wenn man aufhört und zurückhört, wenn man sich umdreht und sieht – durch eine Hintertür tret ich hinaus: die grüne Erde, meine Landschaft. Halb steht die Sonne überm Wald, halb ist sie unter. Ich kann den Michel sehn, er steht am Bach, setzt Froschlaich aus. Ich seh mich selber kommen, kurz sind meine Röcke. Ich steh vor Michel, Michel, sag ich. Er kommt mit seinen Händen, er blitzt mir grade ins Gesicht. Dann kommt der Josef und erzählt: als Michel geboren war, schrie er nicht und die Nachbarin schlug das Kreuz, legte ihn weg und sagte, daß der Sohn nicht in die Welt wolle. Da nahm ich ihn, ging vor die Tür – es war mitten im Winter, im Stall brüllte das Vieh, zwei Kirschbäume waren vorm Fenster erfroren – und drehte ihn im Schnee, da fing der Sohn zu schreien an. Und schrie und hörte nicht mehr auf und schrie den ganzen Winter lang. Nur manchmal, in der Nacht, da war er still und seine Augen standen offen. Als es taute, tauften wir ihn und er wurde Michel genannt. Aber er schrie und es hallte durchs Kirchenhaus und die Alten sprachen, daß der Sohn nicht in die Welt wolle. Als er stehen konnte, hörte er zu schreien auf, schrie nicht, wenn ich ihn strafte, und schrie nie mehr. Als er laufen konnte, lief er zu den Tieren und griff ihnen ins Fell und redete sie an. Im Winter hat er die Hunde eingespannt und ist mit ihnen über die Schneefelder gefahrn, bis nach Lappland, hat er gesagt, bis zum Eismeer.

Die Zeit ist um, wir schließen, sagt das Fräulein.
Der Pfarrer zuckt, beendet seinen Traum.

Wir gehn, wir hatten nichts, wir müssen nichts bezahlen.

Der Mond ist da. Es ist schon beinah dunkel.
Ein Wind streicht durch mich durch und pfeift die Standuhr an, die steht am Straßenknick. Die Zeiger fliegen weg, die Standuhr weht.
Ich stolpre über was, da liegt was. Da liegt ein Kind und bleibt still liegen.
Der Pfarrer hebt es auf. Es scheint zu atmen und zu zögern und dann doch zu atmen.
Warum liegst du so still, was hast du, bist du krank?
Nein, tot. – Es sieht den Pfarrer an und hält sich an ihm fest. Auf einmal weint es laut und sagt, die Wagen seien auf es draufgefahren. – Die waren schwer, sagt es, die haben mich gedrückt.
Dann ist es tot. Blut fällt ihm aus dem Mund. Der Pfarrer hält es fest und nimmt es mit.

Dann sind wir da. Da stehn die Häuser hoch. Da steht ein Schild: Roßmarkt. Da war ich, als

ich kam. Da warn die Spiegel. Die Spiegel stehn jetzt matt wie Mauern da. Die höchsten Stöcke haben Licht, sie flackern.
Der Pfarrer bleibt an einer Ecke stehn. Er drückt mich an die Wand von einem Haus, gibt mir das tote Kind und sagt: Es geht gleich los, bleibt hier, seid still, wartet, bis ich euch hole.
Wo gehst du hin, frag ich, und habe eine Angst.
Die auf den Roßmarkt wollen, sind schon unterwegs, sagt er, und eh sie da sind, versuche ich sie aufzuhalten. Das tu ich jede Nacht. Ich sag, sie sollen zu den andern in die Erde gehn. Die, die da unten sind, sag ich, die sind mit ihrer Arbeit bald zuende. Keiner muß sterben, sag ich, sterben ist jetzt überflüssig.
Er hat den schwarzen Pfarrock an, die Nacht ist dunkel, er ist fort.
Da kippt die Hauswand und da fahrn die Sterne. Der Wagen fährt, der Bär rennt hinterher, im Kreis, im Kreis, der Bär holt aus, schlägt zu, der Wagen liegt in Stücken. Da rutscht das Kind, ich halt es fest. Da spür ich es, der Boden bebt und draußen auf dem Platz gehn zwei, drei Risse auf.
Da kommen sie, da sind sie. Das müssen viele sein, ich hör die Füße treten. Wo ist der Pfarrer,

hat er sie nicht aufgehalten? Wo bleibt er, warum kommt er nicht?
Sie sammeln sich, stehn auf dem Platz, stehn still als wär nichts.
Geht weg, ruf ich, haut ab, die großen Wagen kommen.
Da kommen sie, fahrn über meinen Satz, kommen von allen Seiten, heulen, fahrn dicht vorbei, ich drück uns an die Wand, die Lichter drehn und schlagen, sie fahren auf den Platz, der Platz wird hell.
Das Bild, das kenn ich, das hab ich nachts zuhaus gesehn, nachts, als der Michel rief, da hab ich es gesehn.
Die Lichter blitzen und die Spiegel schlagen aus, die, die da in der Mitte stehn, halten die Fahnen hoch, die Wagen fahrn die Rohre aus, der Ton heult immer lauter, das Licht wird grell, die Rohre schießen, das Fleisch von denen, die da stehn, zuckt und wird roh, Arme fliegen, Beine, Köpfe, die Fahnen brennen, die Blutgesichter wollen noch was sagen, das Wort säuft ab im Schwall, der aus dem Mund schießt. Blut klingt weich und warm, es fließt und strömt.
Das Bild wird streifig, zackig und zersetzt sich.

Da faßt es mich und zieht mich, bis ich renne.
Ich renne auf den Platz, die Rohre schießen.

Da lieg ich unter andern, lieg da ganz still und sehe mich von oben, als ob ich oben wär und auf mich runter säh.
Seh einen kommen und mich schütteln, immer schütteln. Dann hebt der seinen Arm und faßt mich oben und zieht mich auf mich unten runter.
Da lieg ich. Und da steh ich auf und sag: Dich kenn ich, bist du nicht der Pfarrer?
Komm mit, sagt er und setzt das Kind auf seinen Buckel, – wir gehn zu Rudi runter.
Dunkel, nur das Licht von Mond und Sternen.
Der Pfarrer führt mich, Mondpflanzen schießen aus dem Boden, wir steigen durch den klaffenden Asphalt.

5

Der Pfarrer hält mich an der Hand. Das Kind sitzt fest auf seinem Buckel. Die Ärmchen hat er sich wie Bänder um den Hals gebunden, dann kanns nicht rutschen und er hat die Hände frei.

Erde fällt, bricht unterm Fuß, rutscht weg.

Loslassen, sagt der Pfarrer, fallenlassen. Erde ist weich und warm und fängt dich.

Dann wird es dunkel.

Und dann wird es wieder hell. Der Pfarrer hat die Taschenlampe angemacht.

Mein Hals tut weh und wie ich hinfaß, ist er blutig.

Der Pfarrer nimmt eine Handvoll Erde und drückt sie fest auf meinen Hals.

Erde ist kühl und heilt die Wunden zu, sagt er.

Wir gehn durch einen Gang. Ich fahre mit der Hand die Erdwand lang, stoß an was, faß was, etwas faßt mich, auch eine Hand, die Erde bröckelt, ein Arm kommt zu der Hand, ein Druck, die Wand gibt nach und einer tritt da raus. Ein Lehmgesicht, ein Erdmann, ganz verkrustet.

Das ist der Jakob. Das Sonntagshemd, das so kariert ist, ist zugeknöpft.
Ich nehm die Taschenlampe, schein dem Jakob ins Gesicht. – Du warst doch gestern tot, sag ich, du lagst beim Pfarrer auf dem Kirchhof und deine Brust, die Brust war ganz kaputt. Ich habe dir das Hemd noch zugeknöpft, weil ich die tote Brust nicht sehen wollte. Bist du der Jakob oder nicht?
Bin ich, sagt er und geht an uns vorbei.
Der Pfarrer sagt: Der eine Tod ist lang, der andre kurz, das läuft verschieden ab. – Er zieht mich weiter.
Da graben welche, haben Spaten, spitze Hakken. Der Pfarrer grüßt sie und sie grüßen ihn zurück.
Da liegen welche, sehn wie Erschlagene aus, ein Schlachtfeld, Kraut und Rüben.
Haben den ganzen Tag gegraben, sagt der Pfarrer, stecken sich in Säcke, schlafen hier ein Stück.
Er hebt das tote Kind vom Buckel runter und steckts zu einem Schläfer in den Sack. Es steckt den Daumen in den Mund, schläft mit.
Einen von denen, die da schlafen, kenn ich. Das ist der Josef. – Josef, sag ich und schüttle ihn, das bist doch du.

Da wacht er auf. – Wo ist die Mutter, fragt er.
Zuhaus, am Berg, sag ich. Sie kocht nicht mehr. Sie sagt: Für mich alleine lohnt sichs nicht. Ich und der Josef, sagt sie, wir warn Einer, eine Person, sagt sie und sagt, sie sei bloß noch der Rest. Zuerst hat sie die Schuhe von dir hergegeben und dann die Hemden und die Hosen und dann den Kamm und das Rasierzeug, und dann das eine Bett von zweien. Dann ist der Michel fortgegangen und dann und mitten unterm Weinen war sie alt. Jetzt sitzt sie still, ein stilles Bild, was festsitzt.
Josef hat seinen schwarzen Anzug an, das weiße gute Hemd. Der Kragen ist gestärkt, liegt doppelt und ist mit Hansaplast am Halse hinten festgeklebt.
Josef, sag ich, wo ist der Michel, Josef, sag es mir.
Da mußt du Rudi fragen, der ist dahinten, wartet schon auf dich.
Wieder ein Gang, am Ende scheint ein Licht. Das Licht wird hell. Der Pfarrer macht die Taschenlampe aus.
Ein Erdraum, Gänge laufen da zusammen. Der Raum ist groß und hoch und viele Leute stehn.

Es plätschert und sie treten auseinander.
Der Pfarrer schiebt mich vor: Das ist die Braut von Michel.

Ein Wannenbad, gußeisern, mittendrin im Raum.
Ich heiße Rudi, sagt wer, gibt mir seine nasse Hand. Das bleiche, halbfertige Gesicht wird fertig, wie ich hinsehe. Ich kenn es und ich kenn es nicht.
Er zieht mich an den Wannenrand.
Der Pfarrer fragt: Hallo, was macht dein Kopf?
Wo ist der Michel, frag ich.
Aug in Auge sehen wir uns an. Ein Stückchen atmen wir zusammen.
Morgen kannst du ihn treffen, morgen oder übermorgen.
Er streckt den Arm aus. Josef ist da und gibt ihm eine Tüte aus Metall.
Der Pfarrer zieht mich weg vom Wannenrand. –
Er hält jetzt eine Rede, sagt er, das tut er jede Nacht, sei still, hör zu.
Die, die noch stehen, setzen sich, nur die ganz hinten sind, die bleiben stehn. Und immer neue

kommen aus den Gängen, setzen sich hin und sehn auf ihn.
Rudi hält seine Tüte an den Mund. Es knackt, er spricht. Die Stimme läuft die langen Gänge lang, es hallt und kommt zurück, von weither wie was, was mal war. Dann steht er auf in seiner Wanne, Wasser spritzt, das Hemd klebt an der mageren Gestalt, es knackt, er spricht: Träumen nach vorwärts, sagt er, Träume nach vorwärts bleiben nie zurück. – Die Worte treiben, stoßen vorwärts, schlagen an. – Es knackt, er spricht: Der Tod bedeutet jetzt nicht mehr Abstoßen und Beenden der Träume, die nach vorwärts gehn, es hat sich umgekehrt, der Tod bedeutet jetzt Abstoßen und Beenden von allem, was düster in uns tobt und träumt, uralt und schrecklich.
Die Wassertropfen stehn wie Schweiß auf seiner Stirn, sein Schatten flackert an der Wand, der große Adamsapfel rauf und runter. Ein Flimmern steigt aus der Figur, die Ränder werden unscharf, auf einmal glüht der ganze Mann, es knackt, er spricht: Wir haben unsre Arbeit hier getan, und morgen oder übermorgen werden die Träume, die nach vorwärts gehen, wahr.

Dann kommt ein Jubel, alle jubeln. Der Pfarrer springt und Josef schreit hurra.
Rudi setzt seine Tüte ab und rutscht zurück ins Wasser.
Ich geh zu ihm. Er lacht. Die großen weißen Zähne.
Er lacht und taucht, verschwimmt, macht toten Mann am Grund.
Wo bist du, ruf ich nach.
Er zuckt die Schultern, Wasserwellen.

Der Pfarrer kommt und zieht mich weg. – Er braucht jetzt Ruhe, sagt er.
Und Wasser braucht er, sagt der Josef. Am besten wär ein Fluß.
Zwei bringen einen Kübel, kippen Wasser in die Wanne. Es schwappt, die Wanne ist randvoll.
Das Licht wird kleingedreht, und alle legen sich und schlafen ein.
Der Boden ist bedeckt mit Schläfern. Sie liegen Leib an Leib. Ich denk an den Kartoffelacker, den Herbst, die erste Abendkühle. Der Michel gräbt Kartoffeln aus. Ich sitz am Feuer. Das Feld ist beinah dunkel. Michel, ruf ich übers

Feld, wo bist du, Michel, denn ich seh dich nicht.
Der Pfarrer zieht den Pfarrock aus und die drei weißen Hemden. Zuletzt schnallt er den Buckel ab und streicht ihn glatt und legt ihn sich als Kissen untern Kopf. Er winkt, dann schläft er.
Ich zieh die Röcke aus und bündle sie und steig in einen dunklen Fleck.
Vom Schlafdorn gestochen, ein paar Tropfen Blut. Sie tropfen wie ein dunkler Wasserhahn, tack, tack.
Ein Wüstenbild, ein Riesenhimmel. Ein Wasser, ein Fluß.
Da steht einer und sieht den großen Vögeln nach. Der Mann ist nackt. Er steht im Wasser bis zum Knie. Er ist so bleich. Nichts auf der Welt ist so bleich.
Ich frage: Wer bist du und was sagst du?
Der bleiche Mann kann sprechen. – Ich bin die Stimme aus der Wüste, sagt er.
Der Sand ist heiß, ich hab schon Blasen an den Füßen.
Kann ich zu dir in deinen Fluß reinsteigen, denn meine Füße brennen wie Papier.
Was entsteht und vergeht, ist zweiten Ranges, sagt der Mann.

Lieber Mann, ruf ich und meine Not ist groß, sieh her, die Füße brennen, es lodert aufwärts, ach! das Feuer steckt mich an und brennt mich auf.

Da zieht er mich an seinen Wasserrand.

Da ruft mich einer. Ich will weg, ihm folgen.

Da zeigt der, der im Wasser ist, mir sein Gesicht.

Ich kenn es und ich kenn es nicht. Ich sehs und seh, wie sichs verändert. Es wird ein andres, noch ein andres, noch eins. Eins löst sich auf und läuft ins nächste über, und eins erkenne ich und rufe: Halt, dich kenn ich, du bist Rudi.

Niemand ist Jemand, sagt der, einer ist doch alle.

Ich werd geschüttelt und gerufen. Jemand ist da und ruft mich immerzu.

Und Michel, frag ich Rudi.

Der Michel ist schon heimgegangen, ist gestern weg und wartet heut auf dich. Geh heim, sagt er, nimm eine Jacke mit, denn es ist kalt geworden, beinah schon Oktober.

Da stubst mich jemand, jemand sagt, die Nacht sei jetzt vorbei.

Ich will schon weg, da hält mich Rudi fest. –

Und wenn du durch den Fluß schwimmst, sagt er, sieh dich nicht um, was auch passiert, schwimm weiter.
Der, der mich ruft, ruft immer lauter.
Eil dich, steh auf, geh los, sagt Rudi, vor Mittag mußt du überm Fluß sein.
Er sieht mich an. Der Augenblick gehört uns. Dann dreht er sich, Gesicht nach unten, Arme ausgebreitet, wie ein Katholik schwimmt er davon.
Ich muß zurück. Es gibt die Meinen jenseits dieser Bilder. Die warten. Ja, die Nacht ist längst vorbei. Die Kinder stehn vorm Zaun und stekken ihre Nasen drüber. Ich greif nach meiner Hand. Die ist schon wach. Und da liegt das Gesicht, die Haut nach links gerutscht, die Nase biegt sich krumm. Ich war fern, fern war ich wie der Mond.

Der Pfarrer weckt mich. – Mach schnell, sagt er, es geht gleich los.
Ich hatte einen Traum, sag ich.
Beeil dich, zieh dich an, sagt er und gibt mir eine Jacke.
Wo sind die andern hin und wo ist Rudi?

Schon alle weg, wir sind die letzten hier. Du hast so tief geschlafen, ich hab dich gar nicht wachgekriegt. Los, los, sagt er, wir müssen gehn.
Wohin, frag ich.
Zum Main, sagt er. Schwimm durch, sieh dich nicht um, egal was hinter dir passiert, schwimm weiter.
Und dann, frag ich.
Dann gehst du heim, sagt er.
Heimgehn, hat er gesagt.
Du gehst am Abend heim. Du kommst vom Fluß, die Röcke triefen, hinter dir läuft deine nasse Spur. Du raffst die Röcke und gehst mitten auf der Gasse in dein Dorf. Wirst schwer, setzt einen Fuß schwer vor den andern Fuß. Du gehst durchs Tor, es quietscht. Die Stille zuckt zusammen. Du bist zuhause. Du gehst den Erdweg lang. Stille wie Schweigen, als hätten eben noch welche gesprochen. Die Tür steht offen, auf der Schwelle bleibst du stehn – ich weiß ja, wie es weitergeht – in diesen Höfen haust das Ende und kuckt wohl hie und da durch das karierte Fenster – Schnee und Eis, alles weiß und diese Affenweite, Affenweite, sagst du, kein Land in Sicht, nur Flächen, Flächen, keine Erhe-

bung, keine Atemhöhe, kein Eckchen, kein Bräutchen. Horizonte, die nicht enden, weit und weiter laufen, dorthin, hierhin, rück- und vorwärts. – Da nimmt das Ende sein rotes Messer und schneidet sich die Kehle durch.
Was will ich hier noch, fragst du dich und willst zurück und willst dich leise rausziehn. Aber die Bäume haben was gemerkt und rücken dicht zusammen.
Oder kommst anders heim: kommst heim, gehst in dein Haus, die Mutter steht am Herd und dreht sich weg und sagt, dein Bett sei jetzt vergeben.
Oder noch anders: der Wald ist umgebrochen. Die Wipfel am Boden rauschen noch: hu-lu, hu-lu, es geht immer wieder um Leben und Sterben.
Seid wirklich, sagst du zu den Wipfeln, wenigstens so wirklich wie ich selber bin oder nicht bin.
Dann nimmst du deine Beine in die Hand und läufst ins Dorf. Aber da ist kein Dorf, kein Boden und kein Himmel drüber, nicht Tag, nicht Nacht, nicht Wind noch Stille. Das Nichts kannst du nicht sehen, höchstens den Anfang davon. Von Leere eingeschlossen stehst du da.

Da war vor hundert Jahren doch ein Dorf, denkst du, oder, denkst du.

Einer steht da und hat den schwarzen Pfarrock an. Er schlägt mir einen Schlag vor die Brust. Der Bilderklumpen springt in Stücke.
Und Michel, frag ich.
Wartet schon auf dich.
Und woher weißt du?
Rudi hats gesagt.
Der Pfarrer zieht die Lampe aus der Tasche. – Die Batterie hält bis zum Main, sagt er.
Wir gehn. Die Wände zucken, Erde fällt, rieselt ins Hemd. Wir rennen. Alles verzweigt sich, Höhlen, Gänge, Plätze, und droben steht die Stadt und weiß von nichts, und wenn wer aufstampft, bricht der Boden ein.
Wir steigen hoch, vorbei an einem Schacht. Die halbe Decke ist dort eingestürzt. Wir steigen weiter, die Taschenlampe flackert schon. Dann ziehn die Wände Wasser, wir kommen dem Main nah.

Oben auf der Straße ist über Nacht Herbst geworden. Die alten Blätter fallen. Der Boden bebt, es kracht, die Ziegel rutschen von den Dächern, Balkone brechen ab, Glas springt und klirrt. Die Brücke übern Main ist abgebrochen.
Der Pfarrer legt mir seinen Finger auf die Stirn.
Bleib du bei mir, sag ich, denn er hat Abschiedsaugen.
Der Boden bebt, die Häuser kippen, der Pfarrer stößt mich in den Main und läuft davon. – Ich kann nicht schwimmen, ruft er nach, ist weg, ist gar nicht mehr zu sehn.

Es ist Herbstwasser, kühl und mulmig. Fische zwischen die Finger, alte Algen am Zeh. Die Röcke klammern um die Beine. Das andre Ufer liegt im Nebel da. Ich schwimm, ich greif ins Wasser wie in Leitersprossen.
Auf einmal gehn die Wellen hoch und schlagen. Möwen schreien, Fische beißen, das Wasser braust. Menschen, Tiere, die großen Wagen, die Soldaten, sie schrein, sie schreien, kommen in den Fluß. Der Fluß läuft über.

Ein Lärm bricht los, ich faß nichts, find nichts. Und hinten hör ich Brechen und Versinken. Das Wasser reißt und zieht und treibt mich weg zum andern Ufer rüber.
Nicht umsehn, schrei ich, daß ichs höre, weiterschwimmen. – Und seh, daß neben mir noch einer schwimmt. Den kenn ich doch, das ist der Mann vom Bahnhof. Er schwimmt nicht mehr, er sieht sich um.
Mann, rufe ich, dreh dich doch weg, schwimm weiter.
Er hört mich nicht. Sein Blick hängt fest am Frankfurt-Ufer. Er schreit und sagt, die Mauern rissen, die Spiegel brächen, die Erde öffne sich und alles gehe unter. – Und jetzt, schreit er, liegt quer und starrt da rüber, jetzt ist es so, als wär die Stadt, als wärn die Häuser und die Spiegel nie gewesen.
Hallo, ruf ich, Mann, schwimm doch weg, schwimm weiter.
Er hört mich nicht. Er ist aus Stein, versinkt.
Die Wellen laufen aus, sie kräuseln. Dann liegt das Wasser ausgebreitet da.
Ich stoß ans Ufer, tret auf Land.

Da lag ich, und die Luft strich durch mich durch. Da lag ich lange. Ich hörte das Gras wachsen. Es klopfte, schlug und wollte raus. Und als ich aufsah, waren Schnee und Eis vorbei.
Da ging ich.
Die Kühe standen auf der Weide und fraßen das erste grüne Gras. Und weiter, bei den Schafen, stand Jakobs Frau, die winkte mir und rief, daß eins geboren werden soll. Da ging ich hin und schlug dem Tier den Bauch. Das Wasser schoß ihm aus der Scheide, die Flanken dehnten sich, ein Huf stach durch, wir zogen dran.
Ich ging zum Dorf und strich die Röcke glatt.
Die Alten saßen auf der Bank vorm Haus, sie überschlugen das verbrachte Leben und sagten, daß der Winter lang gewesen sei.
Der Hund, mein Hund sprang.
Die Marie stand vor der Tür und wusch und wusch das alte Zeug, die gelben Winterlappen.
Ich ging zu Michel, seine Tür war noch verschlossen.

Da ging ich weiter, lief ich hinters Dorf, raus auf sein Feld raus, setzte mich da auf die frische Erde. Die regte sich, und alter Saft kam hoch und schoß in längst erfrorene Triebe.
Ich sah zum Frankfurt-Ufer rüber. Wo früher hohe Häuser standen, Spiegeltürme, stand jetzt die Mittagssonne und schien übern Main.
Da kam er.
Michel, sag ich.
Ja, sagte er.